L G

QUINO

Laissez-moi imaginer

Glénat

Du même auteur :

Mafalda (12 tomes)
À table !
Bien chez soi
Ça va les affaires
Les gaffes de Cupidon
Laissez-moi imaginer
On est né comme on est né
Provision d'Humeur
Qui est le chef ?
Quinothérapie
C'est pas ma faute !
...Pas mal et vous ?

Dépôt légal : octobre 1997
Traduction française A.M. Meunier.
Lettrage : J.P. Tubetti

Achevé d'imprimer en octobre 1997
Imprimé en France par Pollina, 85400 Luçon - n° 73117

OH, CES SOURIS! J'EN AI PLEIN LE DOS DE TOUTES CES SOURIS!!

QUINO

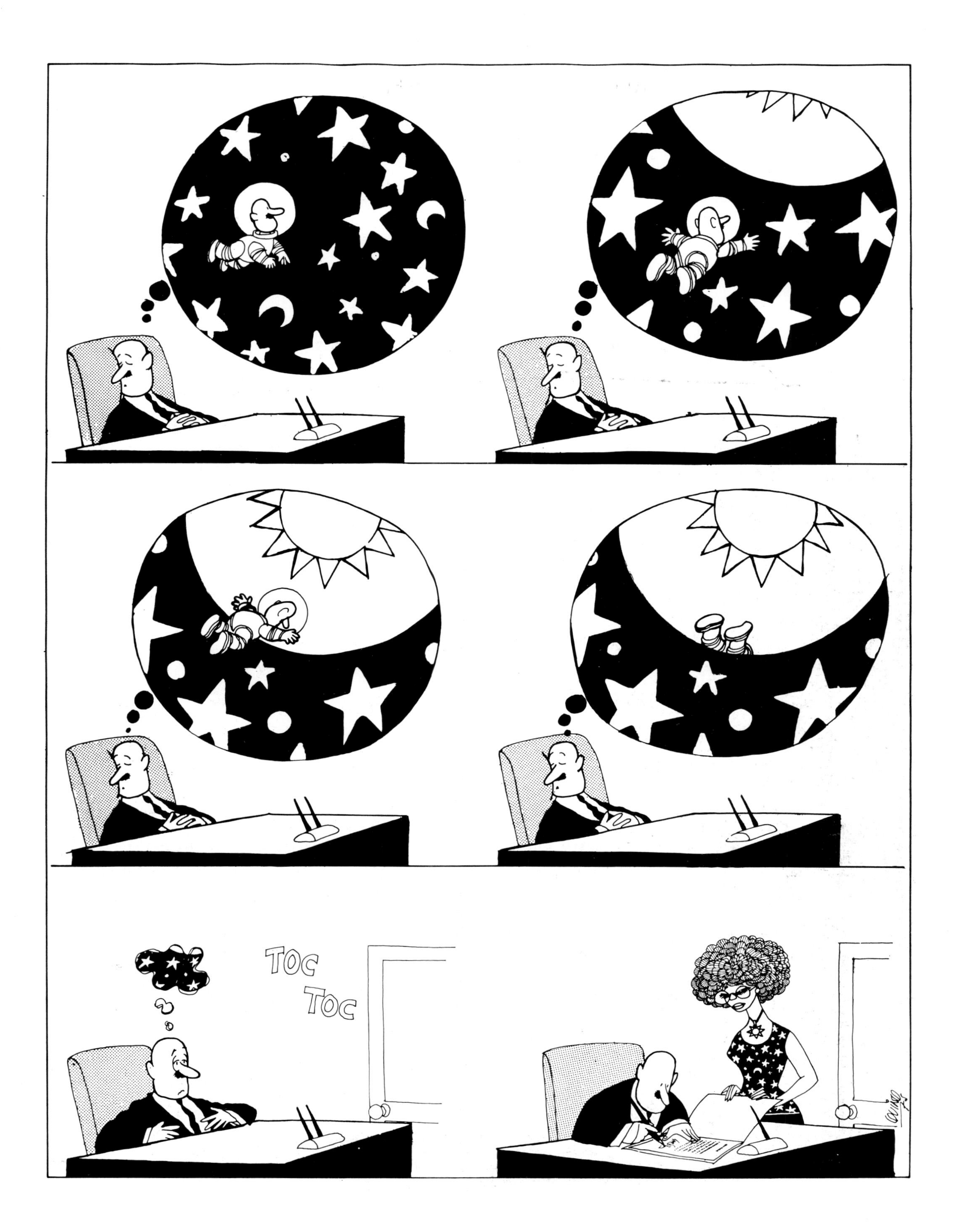
TOC
TOC

u$s 590
QUINO

La Direction Fiscale Céleste a l'honneur de vous faire parvenir un rappel de...

AAAAH ! C'EST VOTRE DIEU, HEIN ?
IL EST INTÉRESSANT, VOTRE DIEU. SYMPATHIQUE ! ET IL EST AUSSI CAPABLE DE FAIRE DES MIRACLES, VOTRE DIEU ?

JE SUIS LE FILS DU SOLEIL.

TON PÈRE, GÂCHÉ L'ÉTÉ ! FAIRE DOS TOUT CLOQUÉ...

PFFFSSSHH!
N'AIE PAS PEUR. JE SUIS UN GÉNIE BIENFAISANT. JE SOMNOLAIS DANS UN CHAMP DE TOMATES ET JE NE SAIS PAS COMMENT J'AI ATTERRI DANS CETTE FICHUE BOÎTE DE CONSERVES...
MAIS TU M'AS RENDU LA LIBERTÉ ET JE VEUX TE RÉCOMPENSER. DIS-MOI DE QUOI TU AS ENVIE ET JE TE LE DONNE IMMÉDIATEMENT.
D'ACCORD! JE VEUX POUVOIR M'ACHETER TOUT CE QUI ME FAIT ENVIE !!!
EXAUCÉ !

JE PENSE, DONC
JE SUIS.

D'ACCORD, MAIS POUR
CE QUI EST DE PENSER,
JE PENSE.

NON ! PHOTOS !
NON ! JAMAIS !

MAIS... POURQUOI ?
PHOTOS EFFACER PERSONNALITÉ.

ET COMME ÇA ? TOUJOURS EFFACER PERSONNALITÉ ?

OUI, MAIS COMME TOI INSISTER..

CLÍCK!

MOI AVOIR PRÉVENU !

RÉCLAMATIONS

ROMANZA

ET TOI, LA TRAÎNÉE, TU RENTRES À LA MAISON IMMÉDIATEMENT !

Beethoven
PHONOX
mann Pondervook
certo in Fa maggiore
PHONOX

TAXIS
MAIS ALORS...
QU'EST-CE QUE C'EST QUE
CE TRUC MINABLE
QU'ON M'A VENDU ?

BONJOUR ! JE VOUDRAIS CELUI-CI. COMBIEN VOUS LE VENDEZ ?
$6754,90
NON. ATTENDEZ... PLUTÔT CELUI-CI...
$10.182,30
ET... CELUI-LÀ... LÀ-BAS ?...
$9573,00
BON... JE VAIS RÉFLÉCHIR... JE REPASSERAI.
QUI C'ÉTAIT ?
PERSONNE. UN DE CES TYPES QUI RENTRENT RIEN QUE POUR FAIRE CHIER LES GENS !

8

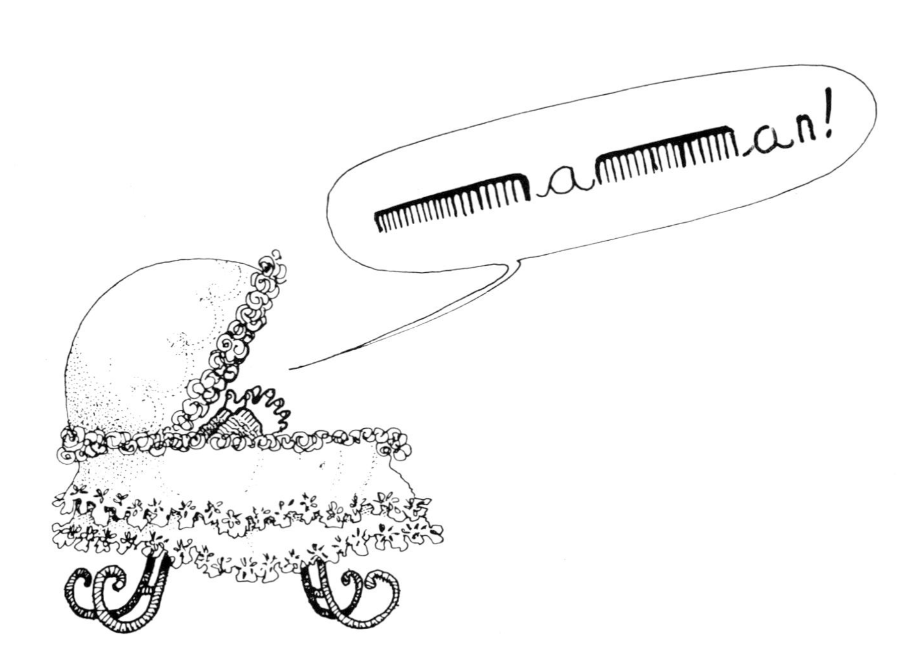
maman!

A
HMMM !...
SI NOUS AVONS UN POINT "A", NOUS DEVONS CERTAINEMENT AVOIR UN POINT "B".
HA HA !.. JE VOUS L'AVAIS BIEN DIT. VOILÀ NOTRE POINT "B" !
ET S'IL Y AVAIT UNE LIGNE QUI UNISSE LES DEUX POINTS, QU'AURIONS-NOUS ?

›nocimiento de la existencia de esos
‹lsos contrapuestos y simultáneos es
ve para el entendimiento de la vida
ica normal o patológica. La ambi-
cia, es decir la experiencia simultánea
afición y la aversión a una misma
persona es a su vez el elemento fundamental
de la vida afectiva; la admisión de esa
ambigüedad de significado, de la coexis-
tencia inseparable de los sentimientos de
atracción y de aversión, es requisito indis-
pensable para cualquier entendimiento
Muy parecidos son los supuestos que
hemos de admitir en relación con la
estructura de la vida familiar. Lo que se
predica del individuo puede predicarse,
por lo menos en sentido figurado, de un
grupo de individuos. La situación, en este
caso, es paralela a la que plantea la ambi-
valencia de los sentimientos individuales;
se trata, en efecto, de la oposición entre
el deseo (y la necesidad) de estar reunido
con otras personas y el deseo (y la necesidad) de estar solo y de subsistir por uno
mismo. Los dos polos
afirmar nuestra propia i
individuos y el de enco
y seguridad en la dep
nadie se le ocurre pen
que tendrá para la ma

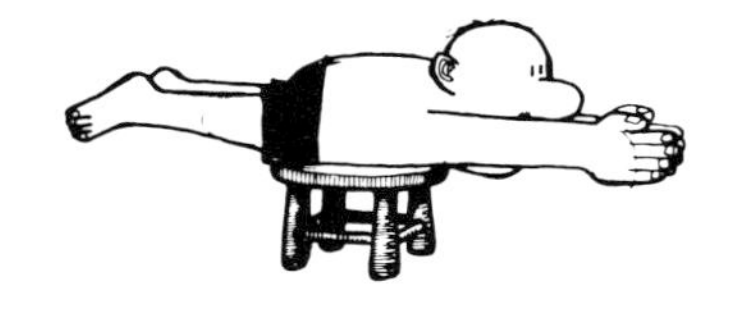
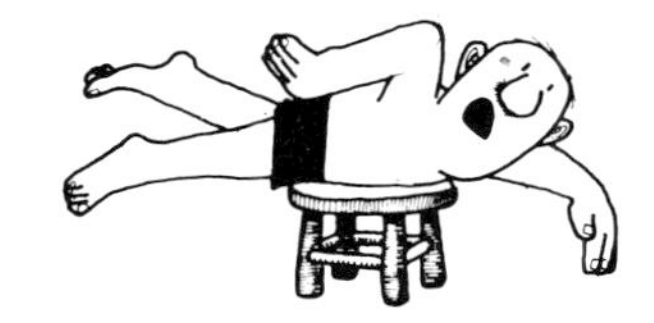
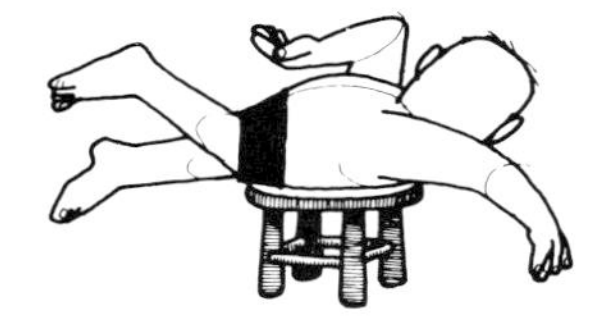
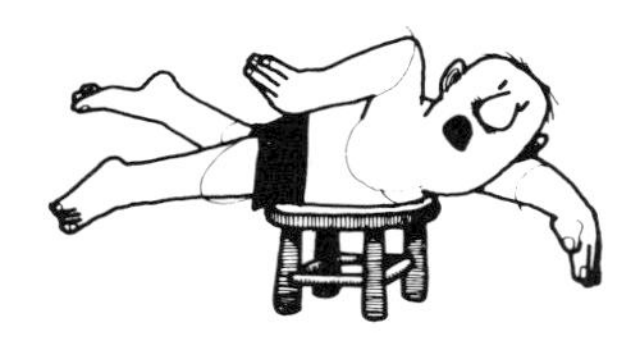
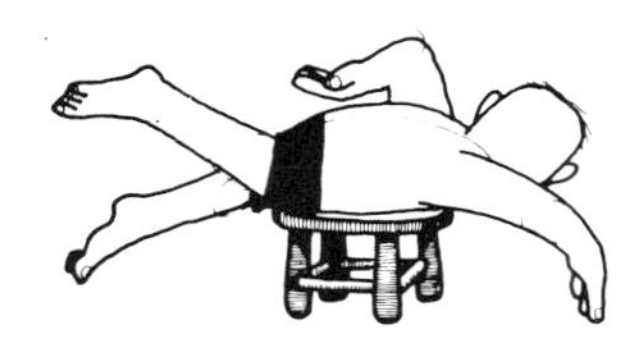

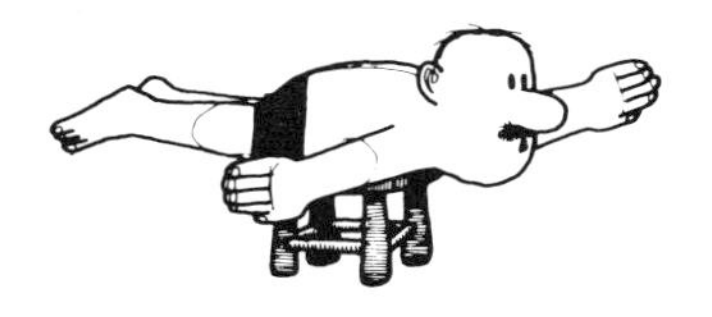

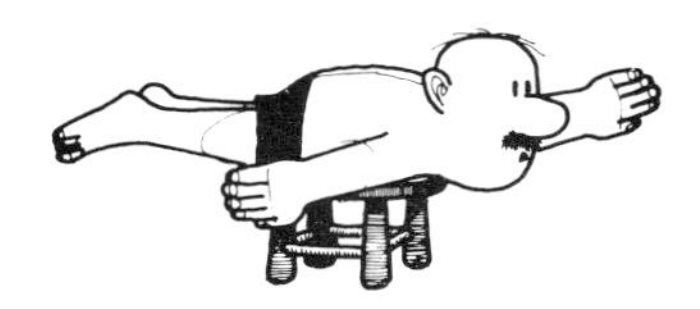
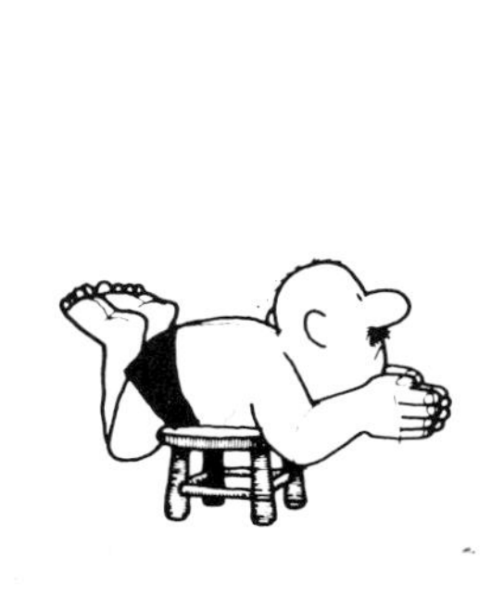

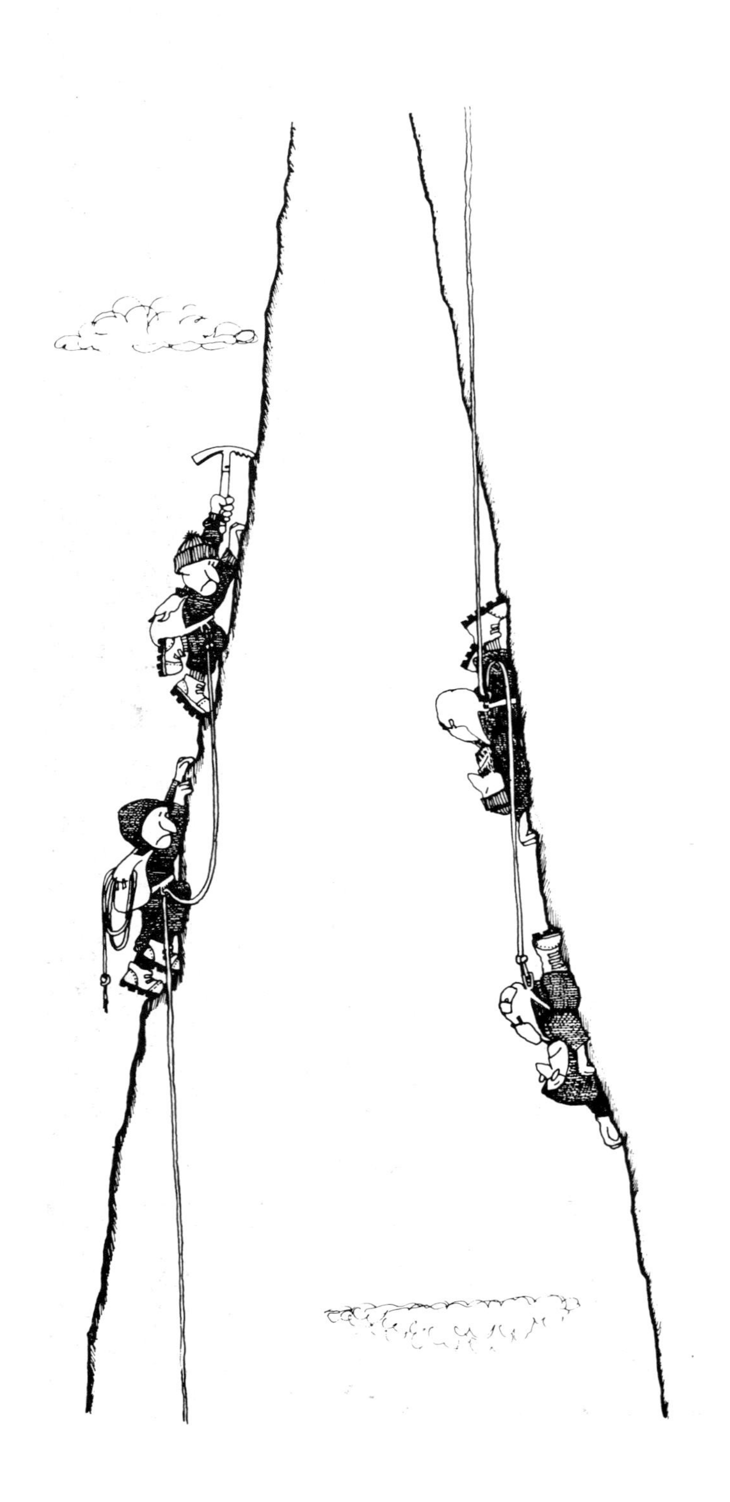

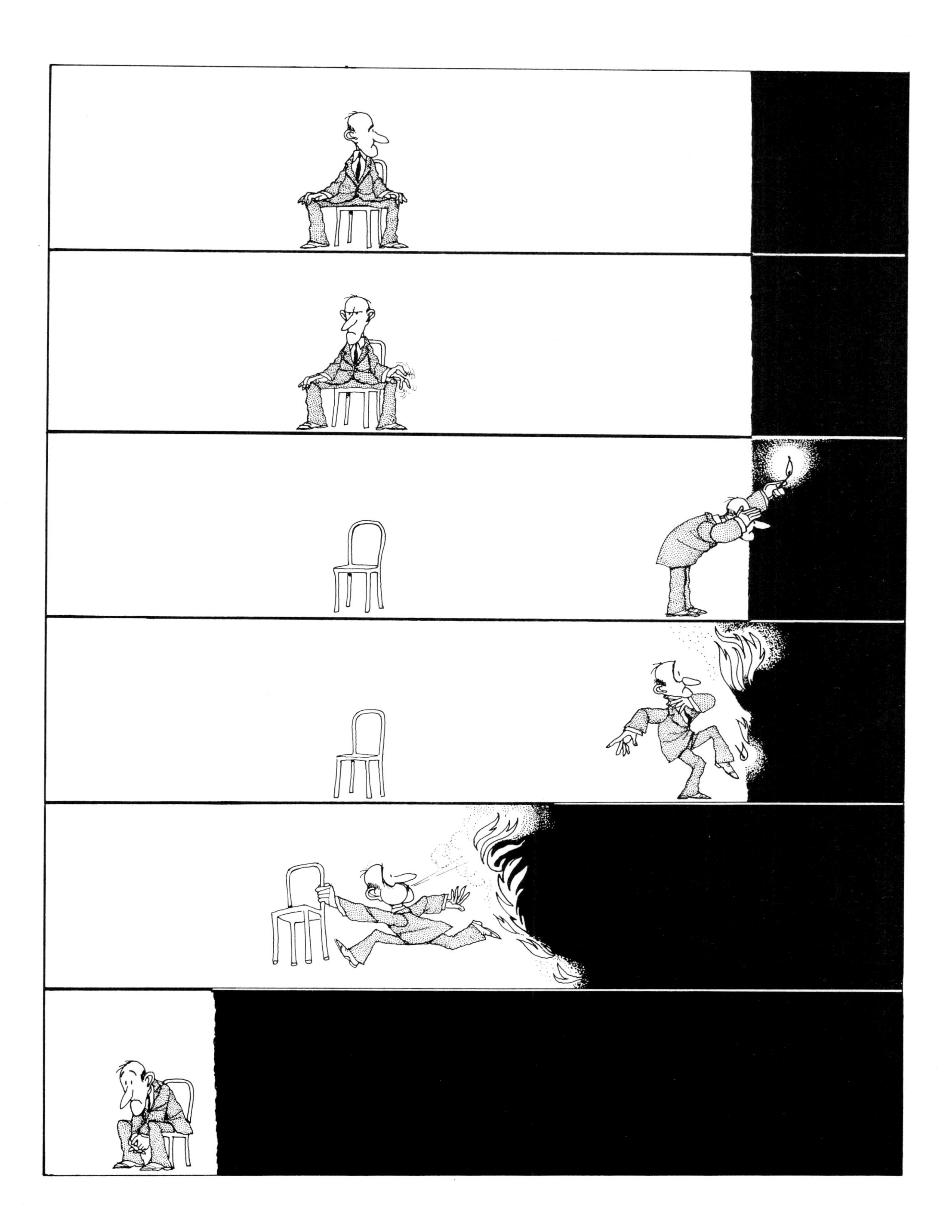

signes particuliers ....

uliers : *néant* ....

HMMMM!...
TU VIVRAS TRÈS TRÈS LONGTEMPS.
MON DIEU! COMME LE TEMPS PASSE VITE!

ET CETTE SOUPE ? À QUELLE HEURE TU VAS TE DÉCIDER À LA MANGER ?
TU SAIS À QUELLE HEURE COMMENCENT LES COURS ?
VOUS SAVEZ À QUELLE HEURE VOUS DEVEZ ÊTRE AU BUREAU ?
À QUELLE HEURE TU ES RENTRÉ CETTE NUIT ?
À QUELLE HEURE TU VAS ME LAISSER LA SALLE DE BAINS, GRAND-PÈRE ?
À QUELLE HEURE AVEZ-VOUS PRIS VOTRE ANTIBIOTIQUE ?
À QUELLE HEURE C'EST ARRIVÉ ?
QUINO

PAPA....
?
JE TRAVAILLE, FISTON. QU'EST-CE QUE TU VEUX ?
PAPA, ÇA EXISTE LA TÉLÉPATHIE ?
LA TÉLÉPATHIE, LA TÉLÉPATHIE !!! CE QUI EXISTE, C'EST LA PAIRE DE CLAQUES QUE TU VAS RECEVOIR SI TU CONTINUES À CROIRE À CES ÂNERIES !!!

QUOI ?....

NON !...

ACHETER UNE BROSSE ? COMME SI J'AVAIS UNE TÊTE À ACHETER UNE BROSSE !

BONJOUR CHÈRE MADAME

LAMENTABLE?

510
QUINO

20¢
20¢
20¢
20¢

ÉTANT DONNÉ SON ÂGE, RIEN D'ÉTONNANT À CE QU'IL TRAÎNE UN PEU...

NON, GRAND-PÈRE ! PAS CE CHAPEAU !
TU VOIS BIEN QUE CE N'EST PAS LE MÊME !
JE T'EN APPORTE UN IDENTIQUE.
ET VOILÀ ! TU VOIS BIEN QUE C'EST LE MÊME !
PAUVRE GRAND-PÈRE ! IL NE COMPREND PLUS RIEN !
JE ME DEMANDE SI AVEC LES ANNÉES JE NE DEVIENDRAI PAS UN VIEIL HOMME COMME LUI !...

MAMAN ! MAMAN !

MEMOREX

olvido cuando fuim
mamá nos compró
a mis primos
mos el tranqui
alquiler
anillos

RIIIIIIANNG!
BZZZZZZZ
CRUNCH!
CHUIÍÍÍCK!
BRRRMMM!
CLÍCK!
SHOK!
AGH!
SPLASH!
SQUEEK!
RAT-TATAT-
TUMP!
CRASH!
AAAAARRF!
GULP!
BANG!
SLAM!
BOOM!

Poem

C'EST VRAI, NON? IL FALLAIT BIEN FINIR PAR SE CONFORTER À L'ÉTHIQUE DE NOTRE TEMPS.
LE TEMPS ÉTAIT VENU DE SE DÉBARRASSER DE LA CONCURRENCE.
BLANCHE-NEIGE SERA CONTENTE DE SAVOIR QU'ON VA ENFIN POUVOIR ÊTRE BEST-SELLER!
EN ROUTE... À NOUS LES LIBRAIRIES!

Car Motors co.
CM
MONSIEUR LE DIRECTEUR, IL Y A UNE DAME QUI DIT QU'ELLE VIENT TOUCHER LES DROITS D'AUTEUR QUE NOUS LUI DEVONS.

8 a 13
15 a 19

TELEGRAM
Nº
Dest
David
J'arrive lundi vingt-six
dix-huit heures quarante
Baisers

ET EN PLUS, TU PARS AVEC
LA PREMIÈRE QUI PASSE !!!

ET CE QUE JE TE PARDONNE LE MOINS, C'EST QUE TU N'ES PAS LÀ, PRÉCISÉMENT AU MOMENT OÙ J'AI BESOIN DE TE DIRE QUE JE NE PEUX PLUS TE SUPPORTER !!!

COFF!
COFF!
TSSHIIISS!..

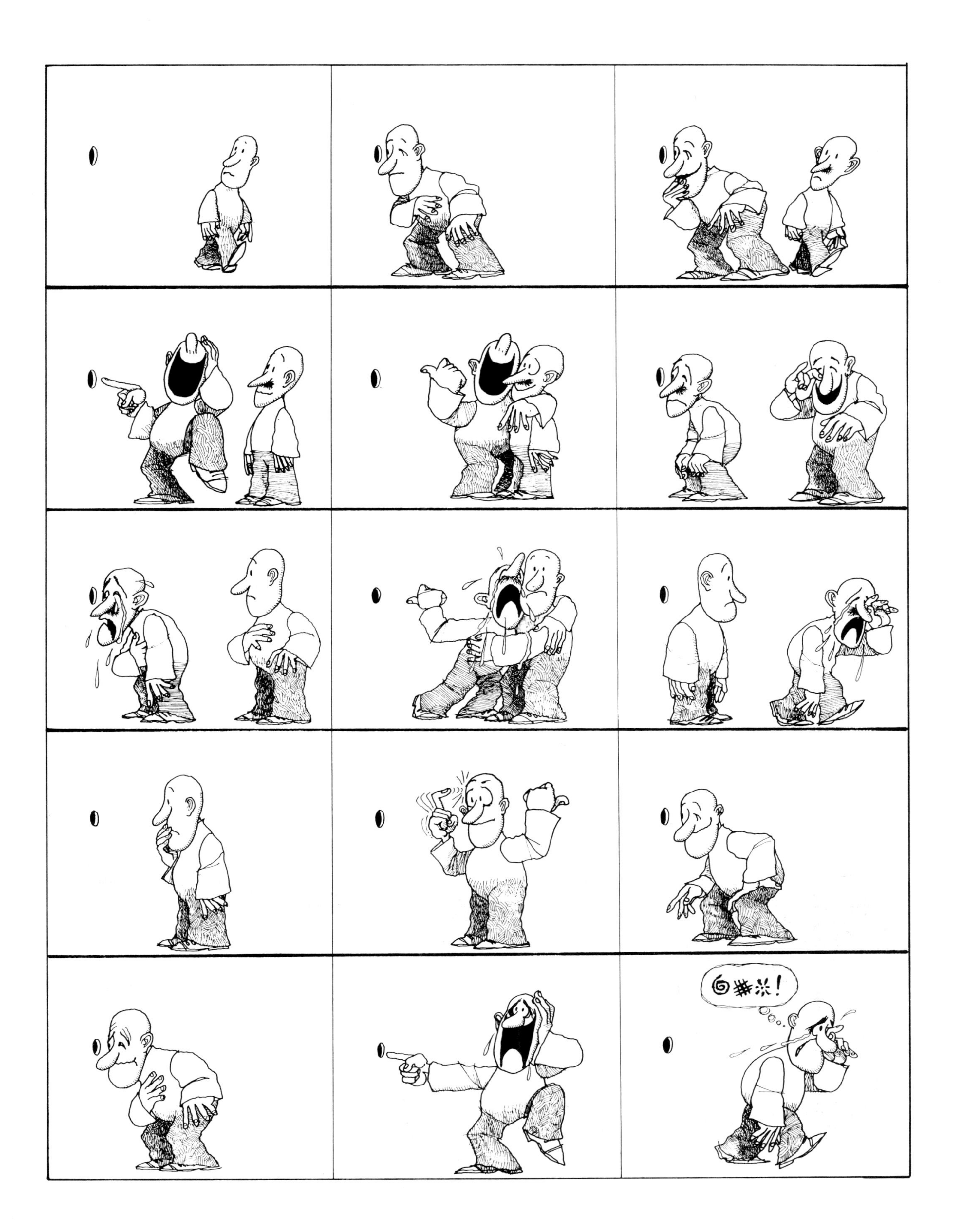

NATIONS-UNIES : « LES NÉGOCIATIONS SUR L'INTERDICTION DES ÉPINGLES SE SONT DE NOUVEAU SOLDÉES PAR UN ÉCHEC. »